新雅兒童環保故事集

愛你！愛你！綠寶貝

周蜜蜜 著

新雅文化事業有限公司

www.sunya.com.hk

目錄

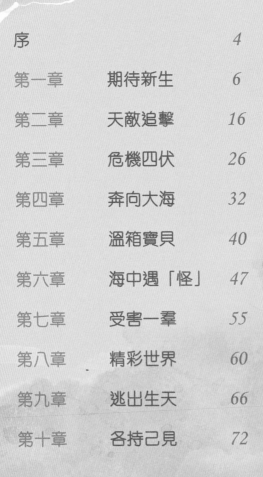

序

　　兒童文學作家寫書就像媽媽做菜，要把最有味道最有益的東西給孩子。

　　周蜜蜜是作家也是媽媽，她寫的《愛你！愛你！綠寶貝》便是給孩子的一道好菜。

　　這是一本很有味道的書。有趣味，有戲味，有情味。趣味來自海洋生物的種種生態；戲味來自故事豐富的情節；情味來自母子、兄弟、朋友之間的感情。

　　這是一個讀了有多種得益的故事，就像一碟有多種營養的菜。它宣揚愛，既有博大無私的愛，遍及自然萬物；也有親人同胞之愛，血脈相連。它灌輸環保意識，讓孩子知道保護地球和生態的重要。

它提供了許多生物知識，像是一本科學普及讀物。
它的文字也是美麗的，是一部文學性濃的語文讀本。

　　蜜蜜看來有點貪心，她要在同一本書中帶給讀
者許許多多的好東西。這是一件不易做到的事，使
人開心的是她居然做到了。不信你讀一遍便知。

阿濃
著名兒童文學作家

　　初夏的陽光，像一隻巨大無形的金翅鳥，飛落到香港南丫島的海灣上。那一隻透明柔軟的大翅膀，輕輕地蓋着金黃色的細沙，多麼暖和啊！厚薄均勻的沙灘，頓時變成一張舒適無比的大溫牀。

　　「嘞嘞嘞。」沙堆中，突然發出奇怪的聲音。

　　這可是一個大自然的秘密。在這個離島的海灘上，一丘丘的沙中，蓋藏着成千成百個乒乓球般大小的綠海龜蛋，而每一個蛋裏面，都睡着一個小生命。在夏陽的愛

撫下，他們紛紛醒過來。

「嘞嘞，好熱啊！我不想再睡下去了，我要走出去，看看外面是個什麼樣的世界。」一個聲音從一個小海龜蛋的裂縫中鑽了出來。

「哎呀，是誰在我的頭殼頂講話呀？吵死人了！」被壓在下面的一個小海龜蛋，也從裂縫發出埋怨。

「嘿，你責怪別人，難道你自己就不吵嗎？還不快一點閉上嘴巴！」緊貼着的另一個

小海龜蛋接着说。

「算了，我們都是兄弟姊妹，怎麼能未出殼就吵架呢！大家還是好好想一想，怎樣互相幫忙，破殼出世吧。」又有小海龜蛋發出聲音。

「對！這話講得有道理。不過，現在太陽越來越猛烈，天氣也越來越熱。媽媽不是說過，要等天色暗一些、氣候涼一些的時候出殼，才會比較安全的嗎？」

「哈！你連媽媽都沒見過，怎麼就聽得到她説話的呀？」

「這叫做『胎教』。喲，不對，應該是『蛋教』，你懂嗎？媽媽在剛剛生下我們，蛋殼還軟的時候，就一再叮囑我們：安全第一！安全第一！破殼出世，一定要避開強光、

避開高溫、避開沙蟹和海鳥的襲擊！」

「是的！是的！我也好像聽過媽媽說這話，而且，媽媽還叫我們一出蛋殼，就要快快跑到海裏去。」

「不錯，只有跑到海裏，我們才可以游回爸爸媽媽的身邊，游回我們的家。」

「可是，現在外面又亮又熱，我們不能出去，硬要待在蛋殼裏，真是快悶死了！怎麼辦啊！」

一個個的小海龜蛋，不斷地發出議論。

「我看啊，不如就先把蛋殼掙開一些，多呼吸點新鮮空氣，養足精神，等天色一暗，馬上出動！」

最早發出聲音的小海龜蛋，提出了新的意見。

「同意！我還想趁着這段空閒的時間，為自己起一個名字。」一個小海龜蛋又説。

「給自己起名字？好主意，我們都應該這樣做。」

「好啊！好啊！好極了！我們現在就開始給自己起名字！」

贊同的聲音到處響起，彷彿這是一個很好玩的遊戲。

「嘞嘞嘞，我很早就聽媽媽説過，我們的大類名稱是綠海龜，而且又是大海的寶貝，所以，我想自己就以大綠寶為名吧。」

第一個説話的小海龜蛋道。

「那好，我就叫綠寶二。」

「我是綠寶三。」

「我是綠寶四。」

「綠寶五是我！」

「……」

不一會兒，幾乎所有醒來的小海龜蛋，都給自己起了一個名字。他們的數目很大，有近百個那麼多，都是同一個媽媽生的兄弟姊妹。

就這樣，一個傳一個，海灘上傳遍了他們裂殼欲出的快樂聲音。然而，他們都緊記着媽媽的叮嚀，不等到天涼天暗，決不出蛋殼。

海邊的海水，一波一波地沖刷着沙灘，划開一彎彎白花花的浪痕，旋即又融入海洋之中。未出蛋殼的小海龜，隨着浪拍沙灘的節奏，細細地呼吸着，等待着。

時間一秒鐘一秒鐘地過去，天色終於變

得陰暗，氣溫也有所下降了。

「各位弟妹，你們感覺到了嗎？外面的世界似乎有了些變化啦！」大綠寶提醒大家。

「好像是吧，這沙牀光線也不那麼刺眼了——這樣看來，我們可以出殼了吧？」綠寶三興奮地説。

「別急，等我出去偵察一下。」大綠寶急忙説。

「偵察？什麼叫做『偵察』？你怎樣去『偵察』呢？」綠寶四好奇地問。

「那就是先由我把頭伸出蛋殼外看一看，如果周圍環境真的是安全了，再叫你們破殼出去，知道嗎？」大綠寶一本正經地說。

　　「知道了，知道了。」小海龜蛋們一起回答。

　　於是，大綠寶「格嘞嘞」地掙開了蛋殼，把頭向外一伸——只見一個小小的綠海龜頭，冒出了最頂端的小海龜蛋殼外，露出兩隻大眼睛，顯得非常漂亮可愛。他搖搖頭，抖落上面的沙子，把眼睛瞪得圓溜溜的，很專注

地觀察外面的天色。

　　看不見太陽在天空，只有寥寥幾絲橙黃色旳晚霞掛在天邊，氣溫不熱，反而有些涼爽呢！

　　大綠寶一陣歡喜，用力一撐蛋殼，伸出兩隻前肢：那是沒有指爪的像兩支小船槳似的鰭狀肢。

　　「嘞嘞嘞！」

　　大綠寶把全身的力氣都集中在這兩隻前肢上，再把下面的蛋殼掙開——「卜！」

　　蛋殼完全爆破了，大綠寶全身都離開了蛋殼，他有一個邊緣呈鋸齒狀的小龜殼，遮蓋着一身淺綠色的脂肪。龜殼的後面，有一條又長又大的尾巴，他是一隻雄性綠海龜。

　　「啊哈！原來外面的世界這麼美，這麼

大，這麼好！」大綠寶興奮得叫了起來。

「真的嗎？我們都可以出來看吧！」其他的小海龜蛋，急得猛叫。

大綠寶望望四周，似乎很平靜的樣子，便說：「可以了，都出殼吧。」

眾小海龜齊聲歡呼，上上下下，一起破殼，沙堆傳出一片快樂的響動。

突然，天空出現一個「兇猛」的黑影，它張開利爪，眼看就要飛撲下來──

「停止出殼，別動！」大綠寶即刻發出命令，所有小海龜，都僵止不動。

第二章　天敵追擊

　　大綠寶下過命令，迅速地趴在就要脫殼出來的弟妹身上，隨即又機警地把一些沙子撥在自己的頭上作掩護。

　　「嘎──嘎──」

　　那個可怕的黑影，瞬間發出怪叫，在空中盤旋。大綠寶透過沙粒的縫隙，屏住呼吸，死死地盯着它，不敢有任何舉動。

　　看了一會兒，才發現那是一隻大海鳥。眼見比自己的身形大四五倍的惡海鳥馬上就要飛過沙灘這邊來，大綠寶全身的血液都幾乎要凝固了……

　　幸而，那大海鳥的身子擦過沙灘之後，就直飛入海──

只見他的頭一伸入海裏，叼
出一尾掙扎着的大魚，再
向上飛去。

　　大綠寶這才舒了一口
氣：原來那隻大海鳥的獵
食目標並不是他的弟妹。

但是，為了保險，大綠寶還是讓大家等了一會，直到目送大海鳥飛出海岸線外，才扒開沙堆，發出安全的報告，讓弟妹逐一走出去。

這時候，天色又暗了許多。經過剛才的驚嚇，小海龜們雖然都帶着新生的興奮，但也不敢發出太大的聲響。

大綠寶和幾個首先出來的哥哥姐姐，不斷地回過頭去，幫助其他的小弟弟、小妹妹出殼。忙了好一陣子，才使近百隻綠海龜成功脫殼，再集合到沙灘的一邊。

天色陰暗無光，四周的海灘，一片空寂，甚至聽得到遠處海浪的「呼吸」——海水一下一下地拍打着海岸的聲音。從表面看來，似乎沒有什麼危險存在。

「前面就是大海，我看見了！」

「我也看到了，快跑過去吧！」

剛出殼的小海龜們，一個個躍躍欲試。

「噓——不要亂說亂動！」大綠寶站到眾人面前，用大家都能聽得見的聲音說：「各位弟妹，我們總算順利脫殼出世了！這一天，我們實在等了很久很久！而外面的世界真是很大很大，危險也會很多很多。現在，我們要一起走到大海裏去，一定要打醒十二分精神，千萬不能掉隊！明白嗎？」

「明白了！」小海龜們齊聲回答。

由沙灘到大海的距離，好像不很遠，但真正走起來，小海龜們才懂得，並不是那麼容易能到達。

大綠寶是走在最前面的，他的兩隻前肢，用力地扒開一條沙路，不停不歇地走着。他

知道，近百個弟妹都在看着他，跟着他，他必須帶大家安全地走入海裏去。這是他們綠海龜生命旅程的開始，不能出任何差錯！

　　綠寶二是一隻雌小海龜，她細小的前肢不如大綠寶的那麼發達，尾巴也比較短小。但她非常懂事，一邊跟着大綠寶走，一邊照顧後面的小弟妹們，既走得小心，也有些擔心，畢竟，前面都是未知的路。

　　綠寶三和綠寶四，是一對快樂的小兄弟，他們互相約定，來一場比賽。於是，他們兩個，一會兒爬過這邊，一會兒爬過那邊，好幾次，差一點把綠寶五撞倒，惹得她不高興地發出抗議：

　　「你們兩個好好走，別把人家的路都擋住了。」

綠寶三和綠寶四笑嘻嘻地扮了個鬼臉，一下子走過去了。綠寶五根本拿他們沒辦法。這兩個頑皮鬼，一路上又引發起其他綠海龜小兄弟的野性，使他們不斷加入賽跑的行列。

　　大家又走了一段路。在綠寶三的「賽跑隊」中，忽然出現一個奇怪的傢伙。他的身上也有一個殼，但這殼不是圓形的，卻是多角形狀；他的眼睛很小，小得幾乎看不見；他不止有四肢，還有八隻爪子，前面的兩隻特別大，大得很畸形：就像兩把大鉗子，帶有許多鋸齒，能張能合。

　　綠寶八一看見這傢伙就罵叫道：

　　「哎呀！他是什麼東西？和我們長得不一樣，怎麼會到這裏來跟我們賽跑？」

大綠寶聞聲回頭，看見那傢伙，差一點沒跳起來。他立刻走過去，在綠寶三的耳邊說：「那傢伙很可能是我們的天敵沙蟹。」

綠寶三大吃一驚：「真的嗎？那該怎麼辦？」

大綠寶鎮定地低聲吩咐：「別驚動他，讓你的隊員們悄悄地改變隊形，撇開他！」

綠寶三照做了。

那沙蟹似乎有些遲鈍，他橫向的走了一段路，還未反應過來，所有的小海龜就已經繞圈子走過沙丘，改換另一個方向去了。

「快，快，別讓他追上來！」

綠寶三不斷地催促他的隊員，個個都加快速度。

就在這時候，沙蟹停止橫行，有所覺察，一個急轉彎，舉起兩個怒張的大鉗子，就像一個殺氣騰騰的鐵將軍，兇猛無比地追過來。

綠寶十回頭一望，看見沙蟹的身影，四肢一軟，哭叫起來：「我、我不行了，我我我走不動了……」

大綠寶走過來，說：「別怕，大家會幫助你的。」

他一邊指揮綠寶四和綠寶八拉着綠寶十一起走，一邊爬上一塊礁石上，把一些碎石和沙向沙蟹追來的路上推。

綠寶二看見了，也學他的樣子做。

「你別來！」大綠寶急忙制止。

「為什麼？」綠寶二問。

「你是女孩子，力氣不夠大。我一個就可以對付那傻沙蟹的。」

大綠寶硬是不讓綠寶二向上爬，他獨自向沙蟹又推下些沙石，就飛快地拉過綠寶二猛跑。

沙蟹被沙石擋住，不勝煩惱地在原地轉過來，轉過去，終於被小海龜的隊伍拋在後面，一點點地遠離了。

小海龜的隊伍，繼續向大海的方向走。眼看越來越接近海邊了，忽然間，後面傳出「哇——呀！」一聲慘叫。

大家一怔，才見到是綠寶九十九，他不知被什麼東西撞了一下，摔了個大跟斗，氣喘吁吁地趴在沙地上，一時動彈不了。

第三章　危機四伏

　　大綠寶和綠寶二等聞聲趕過去，發現撞倒綠寶九十九的是一個破爛玻璃瓶，從中散發出一股霉臭氣味。他們再看看四周圍，只見就在附近有一堆黑墨墨的東西，傳來同一種臭氣。

　　「呸！這些可能是人類拋棄的垃圾，真噁心！」大綠寶啐了一口。

　　「怎麼可以……啊，好醜陋的怪物！嗚——啊！」綠寶二望着垃圾堆上溜過的一隻骯髒生物，忍不住嘔吐。

　　「那是污糟邋遢的臭老鼠，快把頭縮入龜殼，暫時迴避一下。」大綠寶的話音一落地，各弟妹立即縮頭。說時遲，那時快，醜

怪的臭老鼠掉轉頭就撲過來——

　　所有的小海龜，心驚膽跳，屏息以待。

　　那隻可惡的臭老鼠，竟踩着他們的龜殼，大搖大擺地走過去。他身後留下的惡臭味，久久不散。

　　「好，他走了，我們也應該起程啦。」大綠寶首先伸出頭尾和四肢。

　　「我的媽呀，差一點窒息而死！」綠寶三長長地吐了一口氣。

　　大家跟着大綠寶，小心翼翼地跨過那些臭氣熏天的垃圾，走得非常之艱難。

　　「救、救命啊，我被老鼠拉着後腿……嗚……」綠寶八十八驚地哭叫起來。

　　大綠寶、綠寶二和綠寶三都過去查看。他們看見綠寶八十八的後腿不是被老鼠拉着，

而是被一個破膠袋纏着，他們便幫忙解開了。

「現在，我們一定要抓緊時間，趕快奔向大海，要不然天亮了，危險就更多了。」大綠寶提醒大家。

「我們一定要加快動作，加快速度！」綠寶二立即響應。

他們重整隊伍，再次出發。

排除障礙，越過垃圾堆之後，路比較好走了。

大家都鬆了一口氣，眼看還有不遠的一段路，就要走近海邊了。冷不防，綠寶三發出一聲驚叫：「情況不妙，前面有一些不明物體在活動！」

「不明物體？」小海龜羣中出現一陣騷動。

「暫停前行。」大綠寶低聲吩咐，然後，即時趨前觀看。

果不其然，在前方的海邊，有一些巨大的影子在活動。

「大家先別動，我過去偵察一下。」大綠寶回頭說。

「你一個去，太危險，不如讓我陪你吧。」綠寶二說。

「不，我一個去，萬一有什麼事，也只是我承受。你們都在這裏等消息好了。」大綠寶說完，決斷地獨自前去。

綠寶二和弟妹們看着他的背影，眼睛都濕潤了。

大綠寶一面前行，一面盯着那些大黑影的動靜，心中充滿了疑惑和恐懼：這與他們

之前遇到的所有危險都不同，海鳥啦、沙蟹啦、老鼠啦，甚至垃圾，都比前面這些「活黑影」小得多。他們究竟是什麼東西？大綠寶每走一步，都提心吊膽。為了保險，他看準了前方的一塊礁石，打算以此作為掩護物。

就這樣，大綠寶悄悄地爬過去，把身體貼着礁石。現在，他離那些恐怖的「活黑影」近了很多。他小心地把頭伸出礁石，瞪大眼睛，全神貫注地觀察「活黑影」的動靜。

啊，這些「活黑影」可真高大，起碼有綠海龜幾十倍高。他們有四條肢體，長長的，行動很靈敏。大綠寶算了算，這些「活黑影」大約有三四個。就在這時，他們其中一個，突然向大綠寶這邊轉身——

大綠寶只覺腦中「嗡」的一響，他一眼看見「活黑影」的頭部五官，霎時間記起了，這是「人類」。媽媽在「蛋教」時提到過的，這些是綠海龜以至所有動物最厭惡，也是最可怕的敵人！他們無所不能，對動物要多殘忍就有多殘忍。這一下，可是冤家路窄了。大綠寶瞪着這些人，全身的血液都沸騰了。

可是一轉眼間，所有的人都低下頭，彎下腰，把一個個像是箱子或是籠子形狀的東西，搬進海中；過一會兒，又搬了回來。

他們究竟在搞什麼鬼？大綠寶看不明白，但他不敢輕舉妄動，惟有用最大的耐心，靜靜地等候，等候。

第四章　奔向大海

　　也不知等了多久，大綠寶越來越心煩，這些人，怎麼總是要和我們這些動物作對？就像剛才碰到的垃圾，很有可能，就是他們扔的，把好端端的海灘，弄得亂七八糟，還擋住我們的去路。現在，難道他們又在把成箱的垃圾倒入大海，弄污我們將要去生活的地方？可惡啊！這些人，真是我們的天敵。

　　大綠寶正想着，冷不防龜背被誰拍了一下，嚇得他頭一縮，轉過身來。

　　「是我呀，大哥哥。」綠寶二柔和的聲音鑽進他的耳朵。

　　「你來做什麼？」他着實有些生氣。

　　「你過來這麼久都沒聲氣，大家都很擔

心，我就過來了。」

「噓⋯⋯別說話，看那些人還未走，小心！」大綠寶低聲說。

綠寶二閉上嘴，緊張地盯着那些人，大氣也不敢出。

好在沒過多久，那些人登上附近的一輛汽車，終於離開了。

「他們走了，我們也得趕快行動，你去叫大家都過來吧，一定要在天亮之前下海！」大綠寶對綠寶二說。

「是！」綠寶二領命而去。

沒過多久，綠寶二就把大隊帶領過來。為了爭取時間，綠海龜們紛紛加快了腳步，向着大海，全力以赴。

時間不等人。很快地，天邊露出了微亮

的曙光。

　　走在隊伍最前頭的大綠寶，首先踏入海水之中。四隻肢槳，大力地划撥海浪，嘩！真清涼。他很喜歡這種感覺，立刻把整個頭潛入海裏，還張口嘗了嘗。海水有一種腥鹹的味，好像含有一股取之不盡的活力養分。大綠寶精神一振，全身的血肉，彷彿一下子更新了，充滿全新的力量。

　　然而，他沒有忘記後面的弟妹，站在海水和沙灘之間，不斷地幫助體弱的小綠海龜，安全地進入大海裏。

　　綠寶二、綠寶三、綠寶四，也學着他的樣子，從旁扶助小弟妹，和時間比賽，向海

水「衝線」。

　　「五，十，十五，二十，三十五，三十九
……」大綠寶不停地點算着進入海中的小綠
海龜數目，直至太陽躍上水平線，將海照得
亮閃閃的一刻，他的所有小弟妹，全都進入
了遼闊的大海洋。

　　這是一個清涼、温潤而澄澈的世界，和
陸地完全不一樣。大綠寶頓覺兩眼一陣濕潤，
流出了淚水，一下子溶入鹹鹹的海水裏。

「大哥哥，我好像感覺到媽媽的呼吸。」綠寶二游到大綠寶身邊，輕輕地說。

他一怔，又一想，說：「我相信，她和爸爸現在也在海中記掛着我們，等着我們快快游回家。」

「那太好了！我真恨不得一下子游到爸爸媽媽的身邊。」綠寶三也游過來說。

「真有那麼容易嗎？我看這海洋，比岸上的世界還要大，路也遠得很吧。」綠寶四接口說。

「什麼岸上的世界呀！海洋本來就是世界的一部分！知道嗎？世界上有三分之二都是海。」

初時，大家以為說這些話的是大綠寶，但再看清楚，不對了，說話的是一個古怪的

傢伙。他沒有殼，奇形怪狀的頭，就像陸地上某種動物，他沒有腳——而是在下身的部位，長了一個鉤子似的尾巴，鉤在一株水草上。

「你、你在和我說話嗎？我、我不認識你。你你⋯⋯是誰？」綠寶四顫聲問。

「正是我對你說話啊，小海龜。你知道嗎？我是海洋公民——海馬。」那傢伙說。

「海馬先生，你會把我們吃掉嗎？」綠寶三大着膽問。

「吃你們？不，傻瓜，這不合我的胃口，我只對海藻裏的小魚兒有興趣。」海馬說。

聽到他這番話，一羣小綠海龜叫了起來：

「哎呀呀，有什麼可吃的嗎？到哪裏去找啊？我們的肚子很餓了！」

真是的，大家這時都感覺到腹中空空如也，連擺動肢槳游水，也很吃力。

「傻瓜！在海裏怎麼會餓得着的？到處都有可吃的嘛。」海馬又在發表他的意見。

綠海龜們被他一説，放眼四看。海水被陽光照進來，像巨大透明的藍色琉璃；海底積聚了不少泥沙、石子，還有一些長短不齊，奇形怪狀的物體，説不清是植物還是動物，時不時也有一些不知名的東西，游過來，游過去，看得他們眼花繚亂。

大綠寶沒有再停下來觀望，而是即刻行動，尋找可以充飢的食物。他奮力撥着海水，一會兒向上游，一會兒向下游，終於發現有一團綠色的東西在漂浮。他伸手抓住了，對綠寶二等跟在後面的弟妹們説：

「這是綠海藻，可以吃的，大家分吃吧。」

「好啊，大哥哥真有本事！」綠寶二等拍起手來，她正要接過那團綠海藻，卻忽然被攔截住。

「喂！誰在扯我的食物？有沒有搞錯！」

一個尖尖的嗓音穿過綠海藻，直向大綠寶刺過來。

第五章　溫箱寶貝

大綠寶循着那聲音望過去，發現有一隻陌生的小綠海龜，很不客氣地瞪着他。直覺告訴他，這傢伙不是和他同一個媽媽生的。大綠寶便好奇地問：

「你是誰？」

「是我先問你的，你得先答我。」陌生的小綠海龜更加不客氣了。

「好，我先答就先答吧。我是從香港南丫島來的大綠寶。」

「香港南丫島？沒去過，不知道在哪裏。」對方慢慢地搖搖頭。

「你不是才出殼嗎？沒去過的地方多着呢。快說吧，你從哪裏來？叫什麼名字？」

這回大綠寶也不客氣了。

「我是從海洋研究中心的溫箱中來的，名叫貴貴一號。」

「龜龜一號？你當然是龜啦，小綠海龜嘛，誰不知道！龜龜，哈！龜龜一號，竟然有這樣的名字！哈哈哈！」大綠寶忍不住笑了起來。

「別笑！你搞錯了，我的名字是貴貴，珍貴的貴，富貴的貴，不是什麼龜龜。」貴貴一號叫了起來。

「是啊是啊，我叫貴貴二號。」又一隻陌生的小綠海龜游過來說。

「這麼說，你們是兄弟，同一個媽媽生的。」大綠寶說。

「那可不一定。我們是在同一個溫箱出

殼，由海龜爸爸把我們孵化的。」貴貴一號
說。

「奇怪呀，從來未聽說過海龜爸爸會孵
蛋的。」綠寶二游過來說。

「你出世才多久啊？少見多怪！快走開
吧，別擋路。你們該自己去找綠海藻，不要
搶我們的。」貴貴一號不客氣地推開大綠寶
和綠寶二，拿走了那團綠海藻。

「我並不是要搶你的綠海藻，只是看見
你們和我們同族同類的，不如大家一起走，
互相有個照應。」大綠寶說。

「得了，我們有手有腳，還有世界上最
好的海龜爸爸關照，你們走你們的路，我們
走我們的路。」貴貴一號一點兒也不領情。

「別理他了，我們走！」綠寶二早就氣

得眼睛冒煙，拉着大綠寶，馬上游向另一邊。

「真想不到，在我們的同類之中，還有這麼個傲慢的傢伙。」大綠寶說。

「我看他呀，什麼都是吹牛的。溫箱孵化，海龜爸爸，嘿！誰也沒見過，全是車大炮。叫什麼貴貴貴貴的，呸！明明就是龜龜嘛，偏偏要抬高自己。」綠寶二的氣還沒有出完。

「算了，一樣海水養千樣海龜，由他自大由他狂去吧。我們快找些食物，好解決大家的肚子問題。」大綠寶說完，就和綠寶二分頭去找食物了。

游了一會兒，大綠寶一眼看見，在不遠的水面上，漂過一些綠海藻。他非常高興，三扒兩撥，游了過去，把綠海藻抓住，再招

呼弟妹們過來分吃。

吃過海藻，小綠海龜們都飽了。

陽光照進海水裏，溫熱溫熱的，令他們有一種舒服的倦意。不少小綠海龜，都攤開了手腳，浮在海上小睡休息。

大綠寶也很睏倦，但他記着自己的責任，不敢鬆懈下來，依然不停地踩着水，留意察看周圍的動靜。

「大哥哥，你剛才為大家找食物，一定很累了。你先休息一會兒吧，我來放哨。」善解人意的綠寶二説。

「不，你是女孩子，萬一有什麼事情，應付不來的。你去睡好了，由我放哨。」大綠寶説。

「還有我們呢。」綠寶三、綠寶四也過

來了。

「你們更要好好睡一覺呢，都去休息吧，到需要你們的時候，我自然會叫你們的。」大綠寶說。

「那好吧，我們先去休息，但等一會你一定要叫醒我，讓我們輪流值班，不能全由你一個放哨。」綠寶二說着，眼睛都快睜不開了。

「行了行了，別這麼囉嗦，快去睡吧。」大綠寶說完，綠寶二就放開手，浮上水面了。

獨自留在海中放哨的大綠寶，為了使自己能打起精神，保持清醒，不停地用四肢划水，同時，瞪大眼睛，察看周圍的動靜。

湛藍的海水，微微的波動，別有一種難以抵擋的溫柔，怪不得形形色色的海洋生物，

都喜愛這裏的生活環境了。大綠寶暗自慶幸，自己和弟妹們，都能一出生就到這個大海裏來。

　　這時候，有一道白光在海水中掠過。大綠寶定睛的看，才發現是一團白得透明的怪東西，正在向前浮游着。

第六章　海中遇「怪」

這怪東西究竟搞什麼花樣？他會危害正在休息的弟妹嗎？

大綠寶警惕地一想，隨即向上一躍，要監察那白東西的舉動。

「嗨，小心！別亂竄！」一個聲音在他背後叫。

大綠寶轉過身一看，原來是海馬先生。

「對不起，海馬先生。我不知道那白東西是什麼，會不會危害我的弟妹？」

「那是水母，沒什麼攻擊性。不過，他有很厲害的觸手，連人類碰到了，也會痛得叫爹媽。」海馬說。

「大海裏的生物，真是多種多樣。」大

綠寶有感而發。

「那當然。老實說，我活到了一把年紀，也看之不盡，數之不清呢。」

海馬正說着，就有一個身子扁扁、呈五角形的傢伙，從他們腳下的沙底爬移過去。大綠寶當即彈開，指着他的背影問海馬：

「這是什麼？外形好特別！」

「那是海星，在海洋中，他算是一個重要的角色。」

「是嗎？怎麼重要啊？他似乎連腦袋和五官都沒有呢！」

「小弟，這要借用人類的一句話：人不可貌相，海水不可斗量。海星這傢伙雖然外表不怎麼樣，但很會找食物，而且不擇手段，一旦餓急了，他甚至會把同類也當一餐來吃掉呢！」

「那就太殘忍了，可他只有五隻角，沒指沒爪的，怎麼出得手？」

「他的五隻『角』才犀利呢！因為那是有再生機能的。如果遇到敵人，被對方捉住一隻『角』，他都可以捨『角』保身，不惜

斷『角』逃命。反正,他的『角』受損傷後,都會重新長出來。」

「嘩!這樣本事真不錯,上天對他太好了!好在,他似乎對我這些龜類沒有什麼興趣,正眼也不看一下。」

「當然了,你不是他的理想食物。而他走得這麼急,一定是趕着去珊瑚礁開餐了。」

「珊瑚礁?那是個什麼地方?在哪裏?」

「前面不遠就是了。至於是個什麼地方,你自己去看個究竟吧。好了,我現在也要到那邊去找食物了,回頭見。」海馬説完,匆匆地走了。

大綠寶望着他遠去的方向,想着「珊瑚礁」這個新名詞,覺得很有吸引力。那兒似乎有很多好吃的東西,在等着給海洋的生物

們品嘗。他真恨不得一下子走去看個究竟，只可惜，大多數的弟妹們還在酣睡，他有放哨的責任在身，不能隨便走開。

「啊呀！不好了！有大怪物！」

一羣驚惶失措的小魚，一邊叫嚷着，一邊逃跑。

緊接着，又有一些小海蝦在飛奔。另外，還有許許多多大綠寶未曾見過，體型比較小的海洋生物，在爭先恐後地游走。

大怪物？聽起來似乎很可怕！大綠寶當即向小魚小蝦逃過來的方向張望，只見有一個非常非常巨大的影子，它的真實體積，恐怕大綠寶所有弟妹加起來，也填不滿。真要命啊！它正向着這一邊步步進逼呢！

大綠寶來不及多想，急忙向上一躍，把

綠寶二等叫醒，一起逃命。

「大怪物，很恐怖！我看見他的頭殼頂，像個小山坡！」

綠寶八在後面，大聲驚叫。

其他的小海龜一聽，都慌得亂游。

「小心跟隊，不要走散了。」大綠寶在旁提醒大家。

「哈哈哈！看他們嚇得屁滾尿流，真好笑！」

一陣刺耳的笑聲傳來，大綠寶一看，原來是那個貴貴一號。

「你笑什麼？還不逃，大怪物會把你當點心吃的。」綠寶二緊張地說。

誰知貴貴一號翻了翻眼，不屑地說：

「那是中華海豚，有什麼可怕的？在海

洋公園，我和他的兄弟都受人類保護，是好朋友！才不像你們，無知又無膽！」

大綠寶一聽這話，就像被打了一個耳光，又羞又痛。

「別理他，八成又是在吹牛皮！我們走我們的。」綠寶二在大綠寶的耳邊說。

「你和大家先走吧。」大綠寶說，「安全第一。」

「那你呢？」

「我暫時不走，看一看那個『巨怪』是什麼名堂。」

「這怎麼行？太危險了！」綠寶二急得聲音發顫。

「我會小心迴避的。你快帶隊走，過一會兒，我們在珊瑚礁會合好了。」大綠寶推

開綠寶二，只見那巨大的影子越來越近了；更令人恐懼的是，在它的後面，還有更多更大的怪影跟隨而來！

　　周圍的魚兒和生物，驚惶地到處逃竄，大綠寶和綠寶二等一羣綠海龜，也被迫四散而去。

第七章　受害一羣

中華海豚——那龐然大物的名稱，成了大綠寶心中的一個「咒語」。他反覆地默唸着，迅速地躲到一塊大石頭後面，兩眼的視線，卻一刻也離不開那些巨大的影子。

漸漸地，影子變成了實體，在大綠寶的視野中越來越清晰了。這「怪物」的體積，大得能把大綠寶和他所有弟妹全部盛載起來，還有許多空餘的位置！他們的形狀長長的，背部隆起來，就有些像人類的船。

眼前聚集的海豚，有好幾條，其中有的身軀是白色的，有的是灰色，還有的是粉紅色。不知道為什麼，從他們的口中，發出一種古怪的聲音來。

「大家別哭了，把小白白放
在這邊。」

　　其中一條粉紅色的海豚說。

　　大綠寶這才知道，剛才聽到的，是他們
的哭泣聲。

　　接着，大綠寶看到的場面，更加觸目驚
心：兩條大海豚把一條蒼白的小海豚抬了過
來，輕放在粉紅海豚的身邊。

　　天啊！那條小海豚，身上原來有傷口，
還在滲出血水呢。看來他痛苦極了，口中發

出低低的呻吟。

「小白白，小白白你要挺住，千萬要挺住呀……」一條灰色的大海豚，忍不住哭叫。

「小白媽媽，你不要哭，讓小白安靜一下，我為他抹平傷口。」粉紅色的海豚説完，圍着那條小白海豚，游了一圈。

哭叫聲漸漸平息下來。

「唉，都是我不好，沒有把他看着，讓他游到那些捕魚人的漁船附近，弄成這個樣子……」大灰海豚抽抽搭搭地説。

「哼！可惡的捕魚人，把我們海豚害得好慘！」另一條大海豚氣憤地説。

「大家安靜安靜，我們來為小白白許願祝福，希望能讓他不再痛苦，早日康復。」粉紅海豚説。

在他的指揮下，所有的海豚圍攏着小白海豚，輕聲地為他祝願。這樣的場面，真是太傷感了，大綠寶看得鼻子酸酸的。

「哎呀，海豚大人們，你們在做什麼？」

大綠寶聽到一個似乎不很陌生的聲音。

「小海龜，你沒看見我們的孩子受傷了嗎？」一條大海豚說。

「啊，真是可憐。」說話的是貴貴一號，大綠寶這下看清楚了，「你們怎麼不快快把他送到海洋研究中心去？那裏有最好的海洋生物學家和魚類醫生！」

「你瘋了嗎？還是太不懂事？無知的小海龜！小白白正是被人類害成這樣子的，你還要我們去送死？」幾條大海豚同時怒斥。

嘿，這貴貴一號真是不知好歹，終於也

被責罵為無知了！大綠寶心裏想。

「不會的，那裏的人們不會害我們這些海洋生物的，我就是在那裏出生的。而且，我親眼看見有幾個海豚朋友，在那裏生活得很好……」

「走開！別在這裏亂撒謊！」未等貴貴一號把話說完，一條很大的海豚就把他趕走了。

「快看小白白，全身在發抖，他、他是不是挺不住了？」

海豚羣中發出一陣悲慘的哀鳴。

大綠寶看不下去了，懷着沉痛的心情，游去找綠寶二他們。真是萬萬沒想到，中華海豚，這樣的龐然大物，也是被人類害慘了的一羣！

第八章　精彩世界

　　按照原來的約定，大綠寶快速游向前面的珊瑚礁。

　　游着，游着，大綠寶只見眼前一亮，一幅色彩繽紛的圖像，如夢似幻地在海中出現：紅彤彤、綠油油、黃澄澄、白亮亮、紫瑩瑩、藍湛湛，甚至有金燦燦、銀閃閃的各式各樣、千嬌百媚的東西，在

這裏一起展示，其中有的是活動着的；有的是靜止住的，堆砌成一個姹紫嫣紅的大花園，美麗無比的嘉年華。大綠寶簡直看呆了。

「大哥！大哥！你終於過來了！」一個親切的聲音傳過來。

大綠寶一看，原來是綠寶二，正向他走來。

「歡迎大哥歸來！」綠寶三、四等一羣小海龜也在一旁拍手歡呼。

「謝謝大家！大家好！」

大綠寶回應着，一顆本來沉重的心，這才比較放鬆了些。

「大哥，那些大怪物可怕嗎？你沒受到襲擊吧？」

「他們走了嗎？會不會追到這邊來？」

有不少綠海龜成團湧上來，問長問短。

「他們沒什麼，並不是兇猛的一類，而且，還有悲慘的遭遇。」

大綠寶說出了他親眼看見的一幕。

「真想不到，那麼巨大的傢伙，也會被人類害得這樣慘，真是太可憐了！」綠寶八聽後，大大的震驚了。

「就是啊，看來人類是世界上最可惡最可惡的敵人了！」

綠寶九、綠寶十等一輩小海龜也議論紛紛。

綠寶二初時沒作聲，想了一想，才對大

綠寶說：「照你看見的情形，證明那個貴貴一號並沒有說謊，大海豚們確實不會傷害我們，是嗎？」

「是的。不過，貴貴一號對於人類很多讚美的說話，也不知是真還是假。」

接著，大綠寶便講起剛才聽到貴貴一號對海豚們說的一番話，引出了大家的一堆疑問來。

「我看他呀，根本就是個被人類『包起來』養的小幫兇、大間諜！」

綠寶三氣呼呼地說。

「好在海豚們不聽他的話，要不，現在就會受騙上當，自投人類的羅網了。」綠寶十說。

「可是，這個貴貴一號，所講的話也

不全是謊話。我想，我們還得繼續去觀察研究。」大綠寶說。

「說得對。大哥，你一定餓了。來，我們先吃點『海裏鮮』。」

綠寶二關切地說。

「海裏鮮？」大綠寶覺得這名詞很新奇。

「從這邊去！」綠寶二揮揮手，領着大綠寶和眾多小海龜，向珊瑚礁那邊走。

這一路，大綠寶覺得自己的一雙眼睛都不夠用了：一簇簇彷彿是精心雕刻出來的石頭花枝上，重重疊疊、密密麻麻地延展出各種美麗得令人驚歎的物體來——有的像開屏的孔雀尾巴；有的像節日燃放的焰火；有的像層出不窮的魔術手；還有的竟然就像構造複雜的腦子……

當然，最令小海龜們開心的，是大片大片生長得非常旺盛的海藻叢。這都是他們喜愛的可口食物啊，馬上就可以開懷大吃了！

　　「這珊瑚礁真是個好地方，天生就是好吃的、好看的！」

　　大綠寶一拍手，讓小海龜們各佔一個位置，就宣告「開餐」了。

　　「滿不錯吧，我給你們介紹的這個好地方！」一個多骨節的身影游了過來，那是海馬先生，也早已吃得肚子圓滾滾的。

　　「這裏是太好了，謝謝你！」大綠寶說。

　　大家都興高采烈地吃着，綠寶十卻忽然大聲驚叫：

　　「啊呀……不好了！又有不明大物體來了！」

第九章　逃出生天

大家一聽，即向前望。一個大大的、圓圓的影子，正在水中浮現。

「救命啊！」綠寶四等一邊叫，一邊跑。

「等一等，不要慌。」大綠寶勸道。

「好嚇人的大傢伙，不會是什麼海妖怪吧？」

「他，居然有和我們差不多一樣的打扮！呵，是位上了歲數的老長輩。」

喘定氣的小海龜，這回終於看清楚了，大圓影子原來是一隻體型巨大的老海龜，正一下一下地游過來。

「你好，老爺爺。」

離他最近的綠寶二，有禮貌地打招呼。

「哎，是你們叫我嗎？小傢伙？」老海龜的頭轉了轉。

「是的。」綠寶二回答。

「還有我們啦。老爺爺你好！」

「你好！」

其他小海龜叫了起來。

「好哇好哇！原來這麼多個的小不點，我真是太久太久沒有見到自己的族類、子子孫孫了！這樣說，我真是逃出大難，重返龜間了！謝謝老天爺！嗚……」

老海龜竟然先哭了，又笑了。

「咦，老海龜，你為什麼這樣激動啊？」海馬游過來問。

「啊，是你，海馬先生！你不知道，我這百歲老海龜，死而復生，仍能活生生的

游到這裏來，和你們見面，實在是多麼不容易！」

老海龜涕淚齊下地說。

「老爺爺，你有一百歲那麼老嗎？真不簡單！」綠寶二驚訝地問。

「一百歲又怎麼樣？經過那場大災難，我不過只是一個死剩種！」

老海龜抹一把眼淚，說起了自己的經歷……

老海龜名叫東陽生，一直在東海那邊生活。本來，一切都十分美滿，他的大家庭，子子孫孫數以萬計，歡聚在一起非常快樂。

　　可是，好景不常，幾年之前，那邊海岸的人類，不知跑到海裏進行什麼大工程，搬來了鬼哭神號似的大機器，日日夜夜地開動着，把海底弄得亂七八糟，海水混濁不堪，令海洋生物們簡直透不過氣來，活不下去。幾乎每天都有大批大批的魚們、蝦們、以至蟹兒們，眼睜睜地死去，看得人心發寒……

　　起初，老海龜和他的海龜家族，還千方百計地左右躲避，希望能找出一點點生機。誰知道，有一天，他們家附近突然被一個個人類裝成的「潛水鬼」入侵，向他們伸出了「魔爪」，把老海龜的家庭成員活活捉走了，

一去不復返！幸好老海龜機警過人，長期潛藏在一塊長滿水草的大礁石下，才僥倖逃了出來。

「真恐怖！那些人為什麼要捉我們的海龜族類？」綠寶四聽得心裏發毛，用手按着心口，緊張地問。

「哼，人類可惡，就是專做殘忍的事情。」老海龜悲憤地說，「當然，他們看上我們族類，是因為我們一身都是寶：我們肉質味道鮮美；背殼可以製成漂亮的裝飾品，甚至我們整個體型⋯⋯啊，天啊！人類這惡毒的殺手，竟會將我們的族類，捉去開膛挖肚，變成一個個所謂『標本』，擺放在他們的窗中、書櫃上去『欣賞』。他們得到了我們種種寶貴的好處，但就偏偏不把我們看作

是有生命的物體。殘酷啊，殘酷！」

　　老海龜聲淚齊下，許多小海龜嚇得全身發抖，跟着哭起來。

第十章　各持己見

「海龜朋友，你們也不要太傷心了，這種事情，到處都有。我的族類，早就受過人類的殘害：說什麼我們海馬對他們的身體『滋補有益』，他們就把我們的兄弟姊妹一輩一輩的捉去殺了，曬乾製藥……唉！還有比這更野蠻、更恐怖的事情嗎？算了算了，我們不要再提那些可惡的人類了。今朝有酒今朝醉，今天有海藻今天吃。好在我們還有這個可愛的珊瑚花園，趁着人類的魔爪還未伸到這裏來，快快享受享受吧。」海馬說。

「嘿，就曉得享受享受，可知道珊瑚礁也正在受到人類的殘害和威脅嗎？」一個新的聲音，在海馬和海龜當中響起。

大綠寶循聲一看，說話的竟然是一簇盛開着的、紅豔豔像牡丹花似的珊瑚。

　　他實在不敢相信自己的眼睛，小心翼翼地望着牡丹珊瑚問：「對不起，是你，你在說話嗎？」

　　「當然是我，你明明是聽到了的。」牡丹珊瑚有些不滿地說，「你就和不少人一樣，老是誤會了我們珊瑚是死物，沒有生命的。」

　　「我沒有以為你是死物，我只是以為，你是——植物。」大綠寶老實地答道。

　　「那就大錯特錯了，老弟。難怪珊瑚小姐不高興。」海馬在旁插嘴道。

　　「現在，我知道自己搞錯了。珊瑚小姐，對不起！」大綠寶說。

　　「你知錯就好了。我們珊瑚礁中，大多

數屬於珊瑚蟲綱和刺胞動物，都是有生命、有感覺的。如果海水污染，或者氣候變化，都會危害我們的生命。」牡丹珊瑚說。

「原來是這樣。珊瑚小姐，你所說的話讓我們見識增長了。」

海星游過來，他的嘴裏還含着一些海藻，但仍要發表自己的意見：「可是，人類都在海面、海岸上生活，而你們是在海的最底下，他們是八竿子也打不着你們啊！」

「海星先生，你不知道那人類是萬物之靈嗎？他們神通廣大，上天下海，什麼都能做得到。不少海洋的珊瑚礁，被人類破壞了，石化了。離這裏不遠，香港東北面的大鵬灣，幾年前，就突然發生了海牀大災難。那裏有許多建築物，排出許多許多污染的垃圾，加

上連場大雨，海水變得混濁骯髒，令水深兩米以下的珊瑚和海洋生物缺氧，幾乎全部窒息死亡！」

「真可憐！」綠寶二流出了淚水。

「千萬不能讓人類污染這裏的海牀！這麼好的珊瑚礁是我們的安樂窩，一定不能讓他們毀壞！」海馬說。

「從現在起，我們就要好好地珍惜愛護這個美麗的珊瑚花園，要不然，有朝一日，被人類的魔爪摧毀了，我們就沒有一口好吃的了！」老海龜語重心長的說。

「真有那麼嚴重嗎？」尖聲說話的，是正在游過來的貴貴一號，他一臉不在乎的樣子，說：「我看，人類不會這麼壞吧。」

「你竟敢說這種話，還好意思過來找吃

的！」綠寶四狠狠地瞪了他一眼。

「我只是就事論事。我看見的人類，都對我們海洋生物很好。所以，我不相信他們會危害海洋和這裏的生物。」貴貴一號臉不改色地說。

「你這小傢伙，來到這世界才多少天啊？居然對人類那麼肯定，真是未流過血不知痛！」老海龜忍不住要教訓他。

「他和我們不同，他是從溫箱裏孵出來的。」綠寶三在旁「揭穿」貴貴一號的「身份」。

「什麼？溫箱？那是什麼鬼東西？人類造的嗎？」海馬驚訝地反身一跳，尾巴呈一個大大的「？」。

「是人造的先進孵化設備。」貴貴一號

不無驕傲地說。

「這小傢伙由人類孵化，難怪處處都為人類講好話了。」一直潛伏在珊瑚叢中的海星說。

「我看他很可能是人類派出來的『間諜』，我們不歡迎他！」牡丹珊瑚不客氣地說。

「我不是間諜，我也要去找我的海龜媽媽。」貴貴一號說。

「無論如何，你還是乖乖地走開好！」

海星伸直五「角」，就像一個大巴掌，把貴貴一號趕出了珊瑚礁。

第十一章　星海閃閃

在珊瑚花園飽餐一頓之後，大綠寶和他的弟妹，都感到前所未有的舒暢和滿足。

天色由暗轉黑，夜，來臨了。小海龜們第一次在海中過夜，對一切都感到新鮮好奇。大海連接着夜空，無邊無界。

綠寶八猛地一跳，驚喜得叫出聲來：「咦！那邊有一羣星星跌落海啦！」

綠寶二還沒說完，一班小海龜就叫起來：

「看到啦！看到啦！星星在海上漂浮……」

這時，小海龜們都看見了：在不遠的海面上，有一片片乳白色的磷光，彷彿是星星，結伴在海浪中跳舞。這景象，真是奇妙得很。

天上、海上都有星光，令小海龜們就像置身在神話中的仙境似的。

「傻小子，那是魚，不是星星。」老海龜笑着說。

「真的嗎？魚兒會發光？」綠寶八追問。

「你不相信，可以游過去看看。」老海龜說。

大綠寶聽了，二話不說，就帶頭游向發光的海面。

漸漸地，他們游近了那一片「星海」了。老海龜講的不錯，他們在遠處看見的「星星」，原來都是魚的形體。在這些魚的身上，有的發出白色的光，也有的發出藍色的，或者是綠色的光。就像一排排的節日燈飾，十分好看。

看了一會兒，小海龜們再游回老海龜身邊，七嘴八舌，提出了比「星星魚」還要多的問題。難得老海龜，不厭其煩地一一解答着：

「龜爺爺，那些魚的身體，為什麼會像星星那樣發光？」

「因為在這些魚的身體兩側和腹部，都長有發達的發光器官。」

「身上發光的魚，是不是很熱很熱，不會怕冷？」

「不是的。他們只靠身體裏面

的細胞發光，是一種冷光，即使摸上去，也不會感到熱的。」

「那他們為什麼要發光呢？」

「用來照明，尋找食物。當然，如果他們有的同伴離羣了，也可以發光作信號燈，把他或她召喚回羣中。」

「那可真有用處，可惜我們的身體不會發光。」

「不同的生物，有不同的特性和優、缺點。我們生為海龜，也有我們的長處。起碼，我們的壽命可以很長，能見識很多古怪有趣的事物。」老海龜說着，打了個呵欠。

「那還不錯，長命是最好的。我就想看

到更多更好玩的東西。」綠寶八依然興致勃勃。

「咦，在那邊的一羣魚，全都動也不動的，是不是全死去了？」綠寶四忽然叫起來。

大家望向他指着的方向，果然有一靜止不動的魚羣，似乎沒有了生命力。

「別大驚小怪，那羣是鯧魚，他們習慣集體睡覺。你們也應該安安靜靜，快快睡覺了。」老海龜又打了個呵欠說。

「來吧，來這邊睡吧。這邊的沙牀很厚，夠舒服的。」一個嬌柔的聲音說。

大綠寶一看，原來是美麗的珊瑚小姐。

「我來了，謝謝！」老海龜說着，走了過去。

其他小海龜，也先後跟上。

大綠寶舒展一下四肢，感覺到海中夜晚的一片平靜。就在他把眼光掠過前面的岩石時，看到幾個同類的身影——那不是他的弟妹，而是貴貴一號、二號、三號、四號……

　　一種不安的感覺，在大綠寶的心內冒起：大海的平靜，只是表面和暫時的。他想，那麼多的海洋生物，都感到人類對他們的危害，真是時時刻刻也要提心吊膽的。可是，那貴貴一派，卻堅持認為人類是好的，能在必要的時候，出手保護我們的族類。這些貴貴派，究竟是不懂事，還是因為先受到人類的優待，就把黑的說成白的，硬要為人類講好話呢？這樣做到底又有些什麼好處？大綠寶想着一串串的問題，睜大眼睛望着水中和天上的光點，竟然大半夜也睡不着覺。

第十二章　全力以赴

「哈囉，早晨！」

「早上好！」

新的一天來了。珊瑚礁上下的各種海洋生物，互道早安，一片生氣蓬勃。當然，有的族類還是慣常的沉默，像沉聚在最底層的寄居蟹，他們一聲不吭，也不知道是睡着還是醒了。

大綠寶把所有的小海龜集合在一起，吃過海藻早餐，就要繼續行程了。

老海龜語重心長地對他們說：「在路上一定要小心，盡可能避開一切有人煙的地方。」

「你不和我們一起走嗎？老爺爺？」綠

寶八天真地問。

「不去了。我在南海那邊沒有家人，也沒有同系的親朋好友。」老海龜長歎一聲。

「我們把你當親人，可以照顧你呀。」綠寶四說。

「多謝了。在這裏，我剛找到失落了的珊瑚樂園，已經很滿足了。餘下的日子，我但願就能在這裏平平安安的過下去。你們只管快些回家，找到自己的父母吧，他們一定等得心急了！再見！」

「再見！」小海龜們高聲地回應。

接着，他們又向珊瑚小姐告別。海馬先生也在那裏，奇怪的是，他一看到小海龜們，就變得異常緊張，開口高叫：「不要走過來！千萬不要走過來！」

「這海馬先生是怎麼了？怕我們跟他搶海藻吃嗎？」綠寶三奇怪地說。

「他是有些過分緊張，因為他要做爸爸。怕孵着的卵子會受驚。」珊瑚小姐解釋說。

「什麼？他要做爸爸？竟然自己孵卵子？」小海龜都驚奇得伸長脖子，直瞪着海馬。

「正是這樣。」珊瑚小姐說。「海馬先生是公認的海中模範丈夫和優秀父親。海馬太太在他腹部的育兒囊中產下卵子，海馬先生就像袋鼠媽媽那麼樣，從這個時候開始，自行獨力孵化海馬寶寶了。」

「那海馬太太呢？」綠寶八問。

「她去忙自己的事情啦。」

「海馬先生真偉大呀，我們能看見海馬

寶寶出世嗎？」許多小海龜一起說。

「不好意思，還要過二十天呢。」海馬說。

「二十天？太長了，我們還得先找到爸爸媽媽。海馬先生，我們以後回來，再看你和海馬寶寶吧。預祝他們生日快樂！」綠寶二乖巧地說。

「謝謝！」

「再見！」

「再見！」

小海龜們終於離開珊瑚礁，開心地上路了。

「為了早日回家，我們要不停地游泳，全速向前。做得到嗎？」大綠寶問。

「做得到！」小海龜們信心十足，一起

用四條小肢槳，大力撥動海水。向前游去。

　　海中的水流，有時平緩，有時湍急。小海龜們用出吃海藻的力氣，拼命地游。

　　作為領隊的大哥哥、大姐姐，大綠寶和綠寶二特別留神，他們一個辨認方向，時刻保證路向正確；另一個負責照看隊伍，努力使所有小海龜的游泳速度基本一致。當他們繞過一塊很大很大的礁石時，綠寶二忽然向游在最前面的大綠寶叫起來：

　　「等一等，不要游那麼快，好像有幾個小弟妹掉隊了。」

第十三章　各走一邊

　　大綠寶停了下來，全隊小海龜減慢了速度。

　　過了一會兒，綠寶二才說：「沒事了，剛才是我一時看錯了，那幾個，不是我們一家的。」

　　話剛說完，貴貴一號幾個就從後面游過來了。

　　「喂，你們不是說自己很有見識，又已經看見過自己那個『世界上最好的爸爸』嗎？為什麼還要死跟着我們的尾巴呀？」

　　綠寶三毫不客氣地說。

　　「我們見過的爸爸，不是我們真正的爸爸。我們還要去找自己真正的爸爸和媽媽。」

貴貴一號喘着氣説。

「你講什麼呀，難道爸爸還有真的和假的嗎？我只知道你是個『大話精』，誰知你究竟有幾多個爸爸！」綠寶三用嘲笑的口吻説。

其他的小海龜也笑了起來。

「這有什麼好笑的？你們見識少才怪！用人工保溫箱孵育我們的海龜爸爸，其實是人類；現在我們要去南海找的，是我們真正的海龜爸爸。」貴貴一號依然嘴硬。

但其他小海龜們一聽，都嘩然了：

「什麼？把人類認作爸爸？真不知羞恥！」

「你們是不是應該算作『人龜』，而不是海龜？呸！一羣怪物！」

貴貴一號氣壞了，跳起來說：「不准你們胡說！」

「誰胡說了？是你自己講的，認人作父，海龜敗類！」綠寶四反駁道。

貴貴一號氣極了，竟伸出四隻肢爪，衝上去要跟綠寶四拚命。

其他的貴貴一派和小綠寶們，也一湧而上，各幫各的一方對打。

「住手！別亂來！」大綠寶和綠寶二急得連聲喝止。

但是，一時之間，誰也不能停手。小海龜們扭打成一團，難分難解。過了一會兒，貴貴一號，畢竟是龜數不足，力量單薄，全都被打得縮頭縮腳，不斷地大叫：「救命！」

「好了，大家停手，誰再打下去，我要

重重地處罰他！」

　　大綠寶走到貴貴一派和綠寶們中間，厲聲斥責好鬥的小海龜。

　　「對這些認人作父的傢伙，不教訓教訓怎麼行？」

　　綠寶四、五等幾個小海龜，依然很不服氣。

　　「我們教訓別人，是要擺事實、講道理。不要以武力壓制對方。放他們走吧。」綠寶二平心定氣地說。

　　「就是了！大海朝天，各走一邊。你們走你們的路，我們走我們的路，誰也不犯誰。」貴貴一號急急忙忙伸出頭來舒一口氣，說。

　　「我最討厭倚仗人類，作威作福的壞海

龜！快滾開！滾得遠遠的，不要讓我們再看見！」綠寶四氣呼呼地說。

「走吧，你們還不快些走！」綠寶二向貴貴一派催促說。

於是，他們伸出四肢猛扒水，游過了綠寶們的包圍，越游越遠。

第十四章　天昏海黑

　　為了爭取時間，大綠寶帶着所有的弟妹，每天總是由日出一直游到日落。有時候，他們甚至在夜裏也游——一直游到午夜，才輪流休息。

　　貴貴一號多半是怕了他們，沒有游近他們的隊伍。

　　雖然綠寶們有時也會看見貴貴們的身影在海中掠過，但彼此之間不再對話，互相避免碰在一起。

　　不過，有一種感受，即使不說出來，相信大家都是共有的：那就是越在海中奮力游泳，越會覺得海洋遼闊深遠；在路上遇見的生物，也越來越多。而每一種族類，要爭取

在海洋裏生存，都很不容易。

時間一天一天過去，小海龜們已經游到很遠很深的海裏。在水下，他們見到的，往往是暗黑的一片，很難分得出究竟是白天，還是夜裏。

在這樣的環境中，危險也大大的增加了：一些帶有攻擊性的海洋生物，神不知、鬼不覺地潛伏在暗處，隨時都可能出動，傷害小海龜。所以，綠寶二不斷地提醒大家，一定要提高警覺。大綠寶還特別組織了巡邏隊，在小海龜的隊伍前後周圍巡邏。而大綠寶本身的睡眠時間，就越來越少了，一天忙到晚，直至眼睛睜不開，才肯讓別的兄弟代替他巡邏，自己迷迷糊糊地睡上一覺。他總是恨不得三步併作兩步游，只盼快快游出這極不安

全的深海範圍。

　　這一天，大綠寶剛剛醒來，睜眼一看，四周圍黑乎乎的，幾乎連自己的四條肢爪也看不見。他一急，就叫起來：

　　「綠寶二、綠寶三、綠寶四……你們在哪兒？」

　　「有！」

　　「我也在！」

「發生了什麼事？」前後左右都有小海龜回應。

「為什麼這樣黑？什麼都看不見？」

「不知道！」

「好可怕！」焦急的、恐慌的聲音響成一片。

「別吵了！不知好歹的小傢伙。巨型八爪魚來了，還不快閉眼閉嘴！」

一個陌生而粗魯的聲音，就像橫伸過來的一把鍘刀，把小海龜的叫聲鍘斷。

「巨型八爪魚？」

好古怪又嚇人的名稱！

第十五章　章魚兇猛

　　大綠寶還未回過神來，眼前一股黑浪直噴過來，他只好閉上了眼睛，連呼吸也暫時停止了。

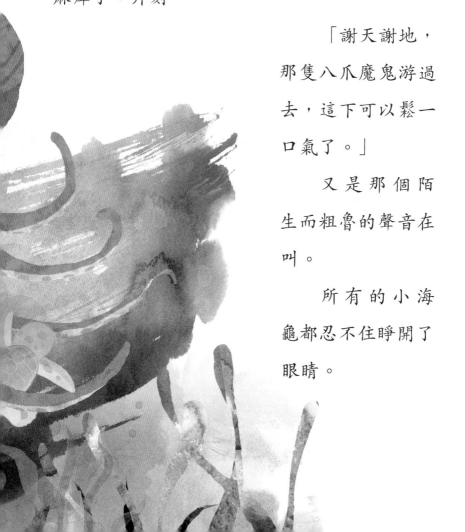

在墨一樣的黑暗深淵中，冷冰冰的如死去般寂靜。這是海洋末日——世界末日到來的時刻嗎？小海龜們感到四肢，以至全身都麻痺了。片刻——

「謝天謝地，那隻八爪魔鬼游過去，這下可以鬆一口氣了。」

又是那個陌生而粗魯的聲音在叫。

所有的小海龜都忍不住睜開了眼睛。

他沒有說錯，天亮了──不是從夜裏轉到白天的天亮，而是海水變得清澈，回復了正常的深藍色，再不是黑墨墨的了。

「咦，剛才是誰在說話呢？」

許多小海龜四處張望，卻看不見發出聲音的「源頭」。

「哼哼，是他，隱蝦。哼哼。」又是一個陌生的聲音。不過，這次說話的「源頭」，小海龜們都看見了，是一隻海螺。

「你是說，剛才講話的生物叫做『隱蝦』嗎？海螺小姐？」綠寶八仰臉向海螺求證。

「你沒聽清楚嗎？哼哼！我是玉螺，哼哼，不是普通的海螺。哼哼，知道嗎？」玉螺擺起架子說。

「但我們實在看不見這裏有什麼蝦。」

綠寶十探着頭，老老實實地說。

「哼哼，你們當然看不見，他是透明隱形的嘛。哼哼！」玉螺說。

「那八爪魚呢？到底是什麼東西？很惡很可怕的嗎？」綠寶八又問。

「哼哼，你們真是問題多多。哼哼！八爪魚就是章魚，天生就是最狡猾難搞的對手。哼哼，這傢伙會放黑墨汁，把水搞混，麻痺我們，然後就想逃之夭夭。哼哼，我又嗅到他的氣味了！哼哼，我要追上去，哼哼！」

玉螺說着，就向前衝。

第十六章　海參忠告

　　就在玉螺走了之後，貴貴一派的身影，在海中一閃而過。

　　他們游過去做什麼？去看八爪魚和玉螺搏鬥嗎？

大綠寶心神不定地向着他們走過的方向張望，卻已不見了他們的蹤影。

　　「嗨！嗨！還不攔住他們？嗨！嗨！真是一班小傻瓜！」

　　一個古怪的聲音，從海底下鑽上來。

　　大綠寶和其他小海龜紛紛低頭尋找，看看是誰在講話。

　　「竟說我們是小傻瓜，那她是什麼？是一個多嘴的大傻瓜！」

　　綠寶十二最早找到發出怪聲的東西——一條形狀長長、圓圓，像黃瓜似的物體。

「她是海參姑娘，有兩個口，不是什麼多嘴的大傻瓜。知道嗎？小傢伙。」一條海鰻剛好游過來，說。

「呀，兩個口，還不多嗎？」綠寶八又問。

「不多。」海鰻解釋，「她的口分別在兩頭：一頭是用來吃東西的口腔，當中有一條食道，一直延長到另一頭的肛門附近，分出一條呼吸樹的支管。她的呼吸器，就連接着肛門。」

「嘿嘿，兩個口，分開用來吃東西和呼吸，真奇怪！嘿嘿嘿！」

綠寶八和綠寶十二等小海龜笑了起來。

「不要這樣沒禮貌，小心你們的嘴巴。」綠寶二急忙制止。

但是，已經遲了，海參游了上來。

「嗨嗨，你們是在說我嗎？」

「對不起，我的小弟妹們不懂事。」

「嗨嗨，實在是太不懂事！你們的弟妹不知死活，跟着八爪魚屁股轉，隨時都會送命！你們還不快快把他們拉回來，真是太傻了！嗨嗨！」

「可是，他們根本不是和我們一條心的，要拉也拉不住。」綠寶二發急說。

「嗨嗨，那太危險了！八爪魚是連人類都敢殘害的兇猛傢伙！」

「他們連人類都敢殘害？」大綠寶聽到了，大吃一驚。

「是啊！嗨嗨！我就親眼看見過，有一個人，穿着全副裝備潛入海中來。不料，一

條比他大十倍的巨型八爪魚，一下子就用八條長長的足腕，把他牢牢纏住。」

「有那麼大的八爪魚嗎？」大綠寶和綠寶二都不肯相信。

「當然有！嗨嗨！我可不是睜眼亂說話的。那八爪大怪的長爪，每一條都是軟綿綿的奪命索，可怕極了！上面布滿大大小小的吸盤，會死死地吸在人的身上和臉上，再咬破人的皮膚，向傷口分泌毒液，令人昏迷，然之後一點一點地吸食。」

「太惡毒了！那人不會斬斷章魚的八爪，再逃跑嗎？」大綠寶又問。

「嗨嗨！那是非常困難的！即使把章魚的爪斬斷了，嗨嗨！他不久又會從斷裂的地方，再長出一條新的爪來。」

「哎呀，他的再生能力這麼強，那你看見的人，是不是就真的被他吃掉了？」綠寶二緊張地問。

「嗨嗨！我看到那個人和章魚互相拉扯着，一直被其他人拖到船上去。嗨嗨！結果怎麼樣，我就沒有看到，也不知道。總之，他們都沒有再回到海中來。嗨嗨！」

「嘩！這八爪魚真夠厲害的，連貴貴一派崇拜的人類，也不是他的對手。那貴貴們現在游過去，不是等於自投羅網嗎？」

綠寶十三在旁插嘴道。

「嗨嗨！就是了，危險萬分呀！嗨嗨，你們再不去攔阻，他們就是一去不回了！嗨嗨！」

第十七章　更大危機

　　聽到海參的警告，大綠寶就像被火燒着似地心焦難受。他對綠寶二等一輩弟妹們說：「你們都別走開，我去一趟就回來。」

　　綠寶二聽了，比大綠寶更心焦，即刻反對說：「不行！在巨型惡毒的八爪魚面前，就連人類也無能為力！我們更是自身難保，千萬不要為他們再冒大險了！」

　　「你說的我都明白，但是，現在危險當頭。如果我不盡自己的力量把他們勸回來，萬一真的出了事，我這一世也不會好過。」

　　大綠寶的語氣非常堅定。

　　綠寶二知道無法把他留住，便含着眼淚，看着他前去。

「嘩喇喇……嘩喇喇……」

突然，海上發出很大很大的響聲，海水湧出許多許多的泡沫。小海龜們不知道發生了什麼事情，整個隊形都亂了。

綠寶二一驚，大叫起來：「大哥，你千萬不能走，馬上就要出事了！就是死，我們也要死在一起——」

一句話還沒有喊完，一個兇猛的浪頭打了過來，就把所有的小海龜都打散了。

大綠寶奮力撥動着面前的海水，但除了滿眼泡沫之外，他一點東西也看不見，張口要叫弟妹的名字，那些帶泡沫的苦鹹海水，立即湧到他的口中。

「啪！啪！啪！」

驚天動地的巨響，連珠炮似地劃過海空。

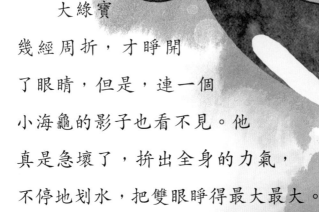

大綠寶

幾經周折，才睜開
了眼睛，但是，連一個
小海龜的影子也看不見。他
真是急壞了，拚出全身的力氣，
不停地划水，把雙眼睜得最大最大。

「啪！」

又一聲巨響。大綠寶被一個
兇猛無比的巨浪，一下子拋到半
空中——就在一刹那間，大綠寶看
見自身附近，有一個非比尋常的龐大物
體，要比海豚大很多倍，正高高地躍出海面。
這究竟是什麼傢伙？可算是海洋生物中的「巨
無霸」吧？

大綠寶還來不及看清楚那傢伙，他已經
「啪！」的一下，再落入海中。大綠寶本身，
也幾乎在同一刻跌進海裏，被那龐然大物激
起的浪頭拋出好遠好遠，驟然失去了知覺
……

「小傢伙，小傢伙，你快呼吸呀！」

當大綠寶恢復知覺的時候，聽見一個聲音。

他舒了一口氣，睜開眼，看見自己躺在一叢軟綿綿的東西旁邊。

「請問你……你是誰？我，我為什麼會在這裏？」大綠寶問。

「我是海綿，還是第一次和你見面。你剛才被虎鯨濺起的大浪衝過來這裏了，可算得上是命大。」海綿快嘴快舌地說。

「海綿姐姐，謝謝你告訴我。但我還是記不得什麼虎鯨呢。到底又是怎麼回事？」

「虎鯨就是殺人鯨。你真是初生小龜不怕『虎』！要知道，剛才虎鯨高高地跳起來，就是用身體語言告訴同伴，海中最恐怖、最

殘暴的殺手——鯊魚，馬上就要殺過來了！」

「鯊魚？」大綠寶只覺得全身一震，立刻翻身站起來。

「小海龜，你應該儘快找個地方躲起來！鯊魚一看見會動的東西，就要襲擊。連我也要暫停呼吸，不再抽取海水裏的食物呢。」海綿驚恐地説。

「我一定要去找回所有的弟妹！」大綠寶顫抖地説着，就向前游。

「不——好——快——躲——」

海綿叫道，但大綠寶已經把她拋離遠去了。

第十八章　鯊口拔河

　　幾道波牆衝過，那是虎鯨逃走帶起來的，大綠寶被浪推開了。他幾經掙扎，才游回到與綠寶二等小海龜分手的地方。但是，他們連一個影子也沒有！

　　大綠寶全身的皮膚都縮起來。一個可怕的念頭在心中跳出來：他們被兇惡的鯊魚襲擊，成了海洋殺手的點心？

　　還未等到大綠寶想清楚，前面幾尺遠的海面，有一個灰色的龐大身影閃過，比人類的艇還大，那一定是鯊魚了，這傢伙果然屬害，背脊上的鰭，就像尖刀一樣，破開海浪，直向前衝。

　　大綠寶把頭、身一縮，儘快下沉。落到

了一塊石頭旁，才站定穩腳，向鯊魚游過的方向張望。

海水動盪得像沸騰了似的，看來鯊魚就又游回來了。大綠寶屏息以待，一心只想熬過這一刻，等鯊魚快些游過去。

窮兇極惡的海洋殺手就在大綠寶頭殼頂上游過，而且不止一條！大綠寶感到心也變得僵硬了。透明的海水，無遮無隔，殺手的猙獰面目，一下子透露出來，地獄中的惡魔，也不外如此吧：尖尖的頭上，有一個驚人的血盆大口，口中嵌着三角形的鋒利牙齒。就像是上下兩把連環大鋸。任何生物碰上了，恐怕就連渣滓也不能剩下來！

大綠寶不願意看，但又不能不看。他現在最擔心的，是弟妹們的下落。他忍着徹骨

的恐懼，特別仔細察看
海洋殺手的血口和利齒裏
面，有沒有小海龜形狀的物體⋯⋯

　　不知道是不是應該慶幸，大綠
寶一直都沒有什麼發現。眼看鯊魚們
就要游過去了，突然，就在離大綠寶不到三
公尺遠的地方，海水一響一動，令大綠寶一
驚，鯊魚們也同時被驚動了——

　　大綠寶定睛一看，天啊。那裏竟然出現
了幾個小海龜的身影！他只覺自己的一顆心，

似乎一下子跳上了喉嚨！

　　説時遲，那時快，鯊魚們像餓鬼見到了美食那樣，一起轉了身，向着被發現的小海龜們撲過去。

　　面臨大羣鯊魚的恐怖襲擊，大綠寶的心快要跳出胸膛！在這一刻，他渾然忘記了自身的危險，全副心力，都放在被鯊魚包圍着

的幾個小海龜弟妹身上。眼看他們就要變成海洋殺手的點心，大綠寶不顧一切地衝過去。

好在那幾個小海龜還算身手敏捷，一下子轉過來，就拚命地逃跑。可是，兇惡的鯊魚，哪裏肯輕易放過嘴邊的「美點」，於是，加快速度，緊追不捨。

「快快游到這邊來！快！快！」大綠寶大聲向小海龜們叫喊。有兩條鯊魚聽到了，馬上張着口，呲牙向他逼近。

「危險！大哥！不要管他們，快到這邊來！」

綠寶二的聲音，忽然由另一個方向傳過來。

大綠寶扭頭反身一看，只見她和一班小海龜，正藏身在一個比較隱蔽的岩石洞中。他這才明白了，正被鯊魚追殺的，不是他的綠寶弟妹，而是貴貴一派。他大可以不理他們的。

就在這時候，那些鯊魚已逼近貴貴一派了。大綠寶想也不想，就快步過去拉住游在最前面的貴貴五號。

「哎呀！他們真快沒命了！來，我們一個咬緊一個的尾巴，把他們拉到岩洞中來！」綠寶二向岩洞內的弟妹下命令。接着，她首先衝上去，一口咬住了大綠寶的尾巴。

其他的小海龜，紛紛像接龍似的，一個咬着一個尾巴；貴貴一派那邊，也學着小綠寶們的樣子，反身掉頭，一個咬緊一個的尾巴。

可是，鯊魚游得比他們快很多倍。大綠寶已經看見游在最前面的一條，瞪着兩隻死魚似的眼睛，一張尖嘴直逼排在最後的貴貴一號。

「用力拉！」大綠寶向綠寶二以及後面的小海龜大叫。

頓時，他們就像拔河似的，在鯊魚的血盆大口邊角力。

眼看着快要吃到肚中的「點心」，竟然斗膽抗爭，那一羣惡鯊氣得鼻孔出煙，怒目圓睜，一條條張牙突齒，步步進逼。

「我們死，也要死在一起！」綠寶二說過的一句話，又響在大綠寶的心中。不過，他現在還很不甘心，還沒見到爸爸媽媽呢，怎麼能就這樣離開這個世界？不行！絕不能白白地給大鯊魚當點心！他出盡力氣，拉了對面的貴貴一把。

「嘩喇喇……」一個前所未有的巨浪劈天蓋地般打來，把所有小海龜都捲了進去。

第十九章　重見天日

「再見了，親愛的哥哥姐姐。」

「遠方的爸爸媽媽啊，我們要完了，永遠也見不到你們了……」

巨浪下的小海龜，紛紛向世界告別，哭聲特別淒慘。

然而，他們都竭盡全力，彼此手拉手，不放開。

大海就像被放入了無形的攪拌器，浪濤洶湧澎湃，翻來覆去。

「不！我們不能死，一定要見到爸爸媽媽！一、二、三！出力！出大力！不——要——放——棄——」

大綠寶的聲音穿越海浪，傳入小海龜的

耳中。

就在一刹那間，海浪突然停止翻滾動盪，好像有什麼東西把天地間的海洋定住了、靜止了。

「這是怎麼回事？難道，難道我們已經到了天堂？……」

綠寶二想着，卻不敢有任何動靜。

大綠寶深深地吸了一口氣，瞪大眼睛，環顧四周，只見一個個巨大的身影，排排並立在前面。

「中華海豚來了！中華海豚來救我們了！」

綠寶三、四一起叫了起來。

大綠寶看清楚了，並排站在前面的，是中華海豚。這些救星，來得真及時！他們其

中一隊在保護着綠海龜，另外一隊，正在追擊兇惡的鯊魚。這真是勇敢又有正義感的好朋友！

大綠寶一陣激動，叫了起來：「謝謝你們！海豚朋友！」

其他小海龜，也跟着叫起來。

善良的中華海豚們，很有風度地點點頭。

過了一會兒，看見遠處的鯊魚逃走了，他們才漸漸散開。

「我們得救了！」

「大家都活着，一個都不少呢。哈哈哈！」

小海龜們一個個欣喜若狂，又跳又叫，眼中流出歡樂的淚水。

海水平靜了，又出現一片蔚藍色。

他們浮上海面，看見同樣的一片蔚藍色在天空中，一切是多麼美好。

在這一刻，所有小海龜們都感到，生命特別寶貴。

「真沒想到，在生死關頭，你們也肯伸出手來，救我們一把！」貴貴一號用感激的目光，望着大綠寶。

「我們到底是同類，本來就應該有福同享，有難同當。」大綠寶真誠地說。

貴貴二號也游了過來，說：「綠寶大哥講得好，我們有的兄弟姊妹太驕傲，拒人於千里之外，是不對的。」

綠寶二接着說：「當然，我們的弟妹也有做得不好的地方。不過，只要你們不要處處維護可惡又可怕的人類，我們和你們，也

沒什麼過不去的。」

「說實在的，我們也不是特別要偏幫人類，只是講出自己看見的事實罷了。」貴貴一號還是有所保留。

「好了，過去的事情，都不要再去計較了。今後，我們大家就一起上路、一起前進，直到游回自己的家，回到自己的父母身邊為止。好嗎？」大綠寶大方地說。

「好！」

「贊成！」

兩邊的小海龜，一起回應。

第二十章　天堂——海南

　　不知道是不是心情變得越來越好了，小海龜們在海中游着，游着，只覺得海水越來越清澈晶瑩，他們所到之處，都感到亮麗、温暖。

　　綠寶隊伍中，加上了貴貴一族，隊形也比以前更壯大、更可觀了。為了尋找足夠的食物，他們不斷派出先行小組，四出查探。

　　這一次，輪到貴貴一號和綠寶八、九、十先行。他們一大早就出發了。可是，游了一段時間，也沒有什麼發現。貴貴一號覺得自己的肚子已經空得像鼓一樣，咚咚咚地響，四肢也軟綿綿的沒有力氣，他的泳速，越來越慢了。

「貴貴少爺，你怎麼搞的，游得這麼慢？全隊兄弟姊妹，正等着我們找食物開餐呢。」綠寶八說。

「我的肚子餓得打鼓，快游不動了。」貴貴一號苦口苦面地說。

「哎呀，現在誰不是餓肚子？越是這樣，越要快些找到填得飽肚子的東西才行！你不能太嬌氣了。」綠寶十忍不住說。

「隨便你們怎麼說，我，我不但肚子餓，腿發軟，還眼花花……」貴貴一號停止不游泳了。

「是花！花！真的花！我也看見了，前面有一朵開得大大的玫瑰花！」綠寶九驚叫起來。

其他的小海龜向他指的方向一望，果然，

有一朵像玫瑰花形狀的物體，在水中盛開，顏色比陸地上的花朵更加鮮豔美麗。

他們情不自禁地游了過去。然而，當他們接近那朵「玫瑰花」時，才發現那朵其實不是真正的玫瑰花，而是一叢貌似玫瑰花的珊瑚。

接着，他們又發現了更多的海洋生物，像海膽、海葵、海藻、海瓜子、海底麻雀等等。這真是一個生氣蓬勃的海底世界。貴貴一號心

花怒放，立刻一頭伸到海藻中，開懷大嚼起來。

　　「嘖嘖嘖，這是哪一家的孩子啊？怎麼就像是餓鬼出籠似的，吃相這麼難看。」

　　「我看他的年紀小得很啊，他的爸爸媽媽怎麼不管教管教他？說不定還是自己跑出來的呢！」

　　貴貴一號吃得正歡，卻猛地聽到頭殼頂上有兩個聲音在說話，他顧不了那麼多，只是拚命地把海藻塞入嘴巴裏。

「喂喂喂。你怎麼能只顧自己吃飽肚子，就把所有捱餓的弟妹都拋諸腦後了呀？！」

綠寶八、九、十走過去，催促貴貴一號歸隊。

「嗯，嗯，我還沒吃、吃飽呢……」

貴貴一號含着滿口的海藻，咕咕噥噥地說不清。

「等等，你們這幾個孩子，是哪一個綠海龜家庭的？」

貴貴一號頭殼頂上的聲音直衝下來。

小海龜們一看，是兩位比他們大好幾倍的成年綠海龜。

「啊，你們是我們的媽媽？」

貴貴一號喜出望外，傻裏傻氣地問。

「胡説什麼呀，我們是年輕的綠海龜女

子，還沒有生育呢！」其中一位成年海龜生氣地說。

「我倒是要看看，你們是哪一家的孩子，這麼沒禮貌、沒家教的。」另一位成年海龜說。

「對不起。」綠寶八乖巧地說，「我們的兄弟姊妹都餓壞了，還沒有找到自己的爸爸媽媽，因此誤會了。」

「哦，原來你們正在找爸爸和媽媽。是從很遠來的嗎？」綠海龜女子問。

「我們是從香港來的。」

「香港？那是很遠很遠的地方啊！就你們這麼幾個小不點，真不簡單！」

「我們還有很多兄弟姊妹在後頭，等着我們找吃的東西回去。」

「哎呀，太可憐了，快讓他們來吧。對了，我們那邊有好幾個綠海龜家庭，讓我們即刻去幫你們查查看，有沒有從香港過來的大海龜吧！」

「謝謝兩位阿姨——不，大姐姐。再請問一聲，這裏是什麼地方？」

「這裏是中國的海南，附近有個海南島。」

「海南？我還以為到了天堂呢！哈哈哈！我很喜歡這裏，不想走了。哈哈哈！」

貴貴一號摸着吃得脹卜卜的肚子，開心地笑。

「快走吧，歸了大隊，再和大家一起來。」

綠寶八、九、十，一同合力把貴貴一號拉走了。

第二十一章　悲喜交集

「親愛的孩子們，令我日日夜夜牽腸掛肚的小綠寶貝，你們終於回來了，回到我的身邊來了！這是真的，我沒有做白日夢。」

「沒有沒有，千真萬確，是我們的綠寶貝，看，這是——」

「我，大綠寶！」

「我，綠寶二！」

「我在這裏，是綠寶三！」

「啊，好看的寶貝，我要好好地一個個看，一個個親！爸爸媽媽好愛你們呀，心肝寶貝……」

貴貴一號剛回到大隊，就被眼前的景象嚇得幾乎跳起來：那兩個通風報信的海龜姐

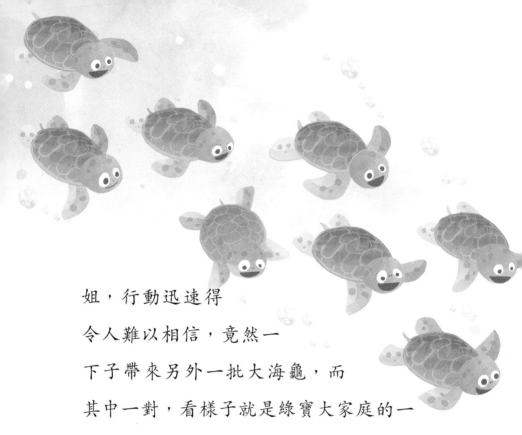

姐，行動迅速得
令人難以相信，竟然一
下子帶來另外一批大海龜，而
其中一對，看樣子就是綠寶大家庭的一
家之主了。他們對着成百個小綠寶，開心得
淚花閃閃，一刻不停地親了一個又一個。

　　所有的小綠寶，更是歡跳雀躍，一個個
張開了肢手，輪流撲入大海龜的懷中，嘴裏
「爸爸好！媽媽好！」地叫得甜甜的，彷彿
含了一口的蜜糖。

綠寶八、九、十也不甘落後，馬上就投入接受父母擁抱親吻的行列中去。剩下看得呆了的貴貴一號，一時還沒反應過來。冷不防，那兩個海龜姐姐走過來，向他問：「咦，你不是和他們一起的嗎？怎麼不過去見見你的爸爸媽媽？」

「見爸爸媽媽？」貴貴一號回過神來，反問那兩個海龜姐姐：「你們見過我的爸爸媽媽嗎？他們在哪裏？」

「奇怪啦，那不是你的媽媽和爸爸嗎？」

其中一位海龜姐姐指着綠寶媽媽和爸爸說。

「不是。」貴貴一號搖搖頭。

「當然不是了，他的爸爸是人類。」綠寶九、十在一旁解釋着。

「怎麼會？！爸爸是人類？太不可思議了！這不是真的吧？」海龜姐姐驚訝萬分。

貴貴一號搖搖頭：「不是。」

頓了一下，又說：「是的。」

「喂！你這小子，有沒有搞錯？究竟是還是不是？這種事情開不得玩笑！你一定要

講得清清楚楚，我們才可以幫你找到真正的爸爸媽媽呀！」海龜姐姐急得猛拍着貴貴一號的龜背説。

「我，我……」貴貴一號的淚水，不知怎麼的就湧上了眼眶，嘴裏更加含糊不清。

「事實上，他還處於『蛋期』的時候，就被人拿去溫箱孵化了。」大綠寶走過來為貴貴一號解釋。

「啊，明白了，那叫做『人工孵養』。但他到底不是人類生育的，一定有自己的海龜爸爸和海龜媽媽。」海龜姐姐恍然大悟。

「對，就是這樣，我也要游來找自己的親生父母，恨不得馬上見到他們。」貴貴一號眼淚汪汪地説。

「你會見得到的。看看，在那一邊的是

不是你的父母？」海龜姐姐伸手指給貴貴一號看。

只見那邊有一對大海龜，正在和貴貴二號、三號、四號、五號等擁吻。

貴貴一號皺皺鼻子，不是很肯定，猶猶豫豫地走過去。

剛剛吻過貴貴五號的海龜爸爸，轉頭看見貴貴一號，上下打量着問：「這個是哪一家的孩子？你的父母怎麼還沒來相認啊？」

貴貴一號楞了一下，好不尷尬地説：「對不起，我搞錯了。」

「沒搞錯呀，你們貴貴一派，不都是同樣從溫箱孵化出來的嗎？」綠寶二在旁輕輕地説。

「我們同在一個溫箱，卻不是同一個媽

媽爸爸生養的。」貴貴一號低下頭，低聲地
說着，轉身走開，心裏感到從未有過的孤獨
和悲哀。

「就他一個找不到父母，真可憐。」

「他不會是個孤兒吧？」

紛雜的議論聲，像咬人的蟲子，一串串
鑽入貴貴一號的耳朵，他難受極了，眼淚水
溶入到海水裏。

「這沒可能的。我們已經通知了所有到
過香港去產卵的媽媽級海龜，而且，海龜父
母和自己的孩子團聚，是從來也不會搞錯的
呀。究竟有什麼問題，我看一定得查清楚。」

兩個海龜姐姐，邊說着邊跟着貴貴一號
走過來，但他拼命加快腳步走，只恨不得找
一個石洞躲藏起來。

貴貴一號越走越快，越走越遠。可是，茫茫大海，哪裏才是自己的家，嘟裏才能找到父母呢？他心頭一冷，打了個寒戰。

　　「孩子，我的孩子！天啊，可讓我找到你了！快過來啊……」

　　一個柔和微顫的聲音，驀地飄過來。

　　他不由得站住了，這是他有生以來聽到的、世界上最最親切的聲音。同時，他眼前有一個大海龜的影子，在蔚藍色的海水中若隱若現。

　　他馬上打了自己一巴掌，看是不是在做夢。

　　「你還遲疑什麼？我最親愛、最想念的兒子！快來吧！我就是你的親媽媽。還請體諒我的腳不好，來晚了。」

大海龜的影子穿越過水幕，清清楚楚地顯現在貴貴一號面前，並伸出手來把他抱入懷中。

「媽媽，你真是我的媽媽？！你的腳……」

貴貴一號偎在大海龜懷裏，不覺得寒冷了。但他看見大海龜的一隻腳短了一截，心內一沉——他萬萬想不到，自己的媽媽會是這個樣子的。可是，大海龜身上和他如出一體的氣息，以及直覺都在告訴他，這確確實實就是他的親媽媽。

「就是因為我的腳受過傷，我才走得這樣慢，來遲了啊。我的兒子，真要把我的眼睛也望穿了！要知道，我們好不容易才有這一天……」

大海龜把貴貴一號摟得更緊了，又不斷地親吻他。

「爸爸呢？我的爸爸在哪裏？」貴貴一號問。

「啊！你問爸爸！這是我生平最痛心的事，他被人捉走了……」

「什麼？」貴貴一號全身一顫，又痛又恨：「我的爸爸被人類捉走了？為什麼會這樣？為什麼？」

貴貴一號覺得頭上就像頂到大水雷似的，即刻就要大爆炸！

第二十二章　真相大白

　　大海龜摟緊了發抖的貴貴一號，撫摸着他的頭，說：「孩子，冷靜，冷靜，你聽我說……」

　　但是，她來不及說，一羣大大小小的海龜游了過來，把她和貴貴一號圍在當中。

　　「哎，英勇媽媽原來在這裏！你也找到心愛的兒子了，好得很！」

　　「真是呢！英勇媽媽，你的兒子一定也很英勇的吧！」

　　海龜們七嘴八舌地說。

　　「英勇媽媽？」貴貴一號驚奇地抬起頭，望望摟着他流眼淚的媽媽。

　　「就是呀！」一位綠海龜媽媽游近他們

——那正是大綠寶、綠寶二、綠寶三等龐大的綠寶家庭的締造者。她笑眯眯地對貴貴一號說：「你還不知道啊？你的媽媽是有史以來，首位得到『英勇勳章』的綠海龜母親，你很應該為她感到驕傲！」

「看來，我們等一會兒在慶祝會上，要好好地向這下一代宣揚英勇媽媽的光榮事跡，讓大家都受教育。」綠寶爸爸也過來了，一臉嚴肅認真地說。

「十分贊成。我們把頒獎典禮的錄影片段拿到會上播放、重溫好了。」海龜姐姐熱情地說。

大家簇擁着貴貴一號和他的媽媽，一起走到附近的海底宮殿去，隆重舉行一個慶祝小海龜回家團圓的盛大派對。

這海底宮殿，依着一道高大石屏而建，雄偉豪華。建築的材料，差不多都是天然的，令小海龜們大開眼界。數不清的入口，由不同顏色、形狀各異的礁石砌成。而走廊、過道的每一個窗櫥，也擺設着精美可愛的蜆殼、螺殼及珊瑚石。

　　進入閃爍輝煌的宴會廳，便可看到滿布每一席上，盡是清香可口的紫菜、海帶和海藻，看得小海龜們眼饞嘴也饞。

　　待各賓客全就座之後，主席宣布大會開始。首先，由大綠寶的爸爸致歡迎辭。他代表所有的小海龜家長，歡迎孩子們從千里迢迢之外的香港，長途游泳，穿風越浪，克服重重困難，成功回歸家園。他特別為自己的兒子大綠寶感到自豪，因為在他的帶領下，

一隻小海龜也沒有少，齊齊全全回到父母身邊，這是他和太太最感到安慰的。他又衷心祝福其他海龜家庭兩代團圓，尤其是令人尊敬的「英勇媽媽」母子，因為他們的相聚非常不易！

在大家熱烈的鼓掌聲中，主席鄭

重宣布，大會重播英勇媽媽頒獎典禮
的錄影片段，全場一時鴉雀無聲。場中懸掛
着的大銀幕，立刻再現了半個月之前在同一
地點舉行的頒獎典禮實況——

　　當時的大會主席，非常激動地介紹貴貴
一號的媽媽，也就是英勇勳章獲頒者的事跡：

在大會召開前的春天，貴貴一號的媽媽和爸爸出外找食物。非常不幸，在他們回程途中，他們被開船捕魚的人類發現了！兇狠的漁人緊追不捨，在他們九死一生的關頭，貴貴一號的爸爸吩咐媽媽一定要保護好自己，爭取早日游到香港，把肚中的孩子好好地生下來。然後，他就慷慨而去，獨自把漁人引開……結果，貴貴一號的媽媽逃脫了，爸爸卻一去不回。

強忍着失去丈夫的莫大悲痛，貴貴一號的媽媽日以繼夜地游到香港。在路上遇到種種艱難險阻，她都堅強地克服了，好不容易，終於游到香港的南丫島。她天天含着眼淚，一邊想念着貴貴一號的爸爸，一邊默默地生下一個個小海龜蛋。

不料有一天，她被一羣邪惡的人類看見了，那些人馬上下毒手強搶她的蛋。面對兇猛無比的敵人，好一個英勇媽媽———她死死地趴着蛋兒，就是不放！邪惡的人類氣壞了，用利器刺傷她的腳，硬把她連龜帶殼地抓翻，一窩蛋也生生被搗爛……好在有一班善良的人類及時走來，把她和最後一個完整的蛋搶救出來，並且將那些邪惡的壞人逮捕法辦。

第二十三章　香港一號

「媽媽，真沒想到，你受了那麼多、那麼深的苦難，才把我生下來，你好勇敢！真是很偉大！謝謝你！媽媽！」貴貴一號聽了媽媽的英勇事跡，感動得淚如泉湧，聲音也變了。

「英勇媽媽，你是我們的好榜樣！」

大綠寶等小海龜，也紛紛向英勇媽媽致敬。

綠寶二更一邊抹眼淚，一邊握着英勇媽媽的手說：「敬愛的英勇媽媽，你不止有貴貴一號一個兒子，還有我們這許許多多的兄弟姊妹，都願意做你的好兒子、好女兒。」

英勇媽媽慈愛地撫摸她的頭。

大綠寶站得直直的，又對貴貴一號說：「從英勇媽媽事跡中，使我看得到事情的另一面。原來，人類有壞的，也有很好的。我們不能只看一面，就否定另一面。」

貴貴一號點點頭，真誠地說：「你這話很對，我也犯過錯，今後，我也要全面地判斷事情和人類。」

「你們兩個小傢伙，講得都不錯嘛。我也可以親身給你們作證。」

一個陌生的聲音，傳到他們中間。

「喲，是你！香港一號媽媽。怎麼你也抽空過來了？」英勇媽媽抬眼望見隨聲而至的大綠海龜，有些感到意外。

「聽到你們母子團圓的特大喜訊，我怎麼能不來呀？」

對方親熱地把英勇媽媽母子一起擁抱起來，又盯着貴貴一號説：「這就是你的好兒子吧。看他的一雙眼睛又大又圓又有神，似足他的爸爸呢。」

　　「是的。兒子，快叫香港一號媽媽好！」

　　「香港一號媽媽好！」貴貴一號跟着叫了一聲，問：「這名字好奇怪，為什麼會有這樣的名字？是誰起的？」

　　「這就是人類的傑作。在我到香港產卵的時候，他們把一隻微型衞星發訊器安裝在我的背殼上。」香港一號媽媽説。

　　貴貴一號和大綠寶定睛看着她的龜背，上面果不其然有個金屬小盒子似的物體。

　　「這是用來做什麼的？」大綠寶好奇地問。

「就是用來追蹤監察我們的行動和生活習性，好讓他們得到最新的資訊，再制定方針、方法來更好地保護、繁殖我們綠海龜。」

「啊！他們想得真周到。」貴貴一號說。

「是的。聽說現在全世界有二十五隻綠海龜安裝了發訊器。而香港，就只有我們的香港一號媽媽第一個被選中安裝發訊器的，所以人類把她稱作『香港一號』，實在是不簡單啊！」英勇媽媽說。

「沒什麼，這也是為綠海龜大眾服務。只希望我們綠海龜，將來和有良知、有愛心的人類，能在地球上相處、生活得更加好。」香港一號媽媽說。

大會主席舉着杯子走過來說：「就是為了這個目標，我們大家都要一起努力！」

「努力！努力！」

整個宴會廳一起回應。貴貴一號雙眼熱辣辣的，模糊了視線。兩個爸爸——海龜爸爸和人類爸爸的形象，瞬間在他的腦海中浮現，越來越高大，漸漸地合而為一……

知多一點點

綠海龜

　　綠海龜廣泛分布於熱帶及亞熱帶水域，是一個非常重要的海洋生態平衡保衞者呢。海藻是綠海龜最愛的食物，多虧牠們常常吃掉海藻，令海藻不會長太高以致沉積物擋住了太陽。這樣，陽光才可穿透水面，發揮殺菌的作用。

　　雖然綠海龜對海洋生態很重要，可惜的是牠們的生命正受到嚴重的威脅！牠們的數量越來越少，甚至被列為瀕危物種，棲息在地中海的綠海龜更被《世界自然保護聯盟紅色名錄》列為極度瀕危品種。

　　為什麼綠海龜的數量會越來越少呢？因為綠海龜的身體藏着很多寶貴的東西，令牠們被人類盯上了。硬綁綁的龜板是一種名貴的中藥材，是製造龜苓膏的重要原材料。不但如此，人們更會食用龜肉。因此，綠海龜的數量越來越少。

海星

　　海星的五隻角正式應稱為腕。但原來海星不一定是五角，腕的長度和數目都是視乎品種而定。

　　海星是如何吃東西的呢？原來牠們的口位於身體底部中央，肛門則在口的上方，

但體積很小。基本上海星吃的食物在口中就已差不多全消化掉，所以牠們的肛門的作用不大。

那海星是吃什麼的呢？還記得故事中出現的海星大多在珊瑚叢中鑽來鑽去嗎？原來珊瑚叢是海星重要的食物庫。牠們最愛吃珊瑚蟲，可是卻因為這樣，牠們常在不知不覺中破壞了很多珊瑚啊。牠們也會吃附在岩石上的海綿和貝殼生物，食物的種類相當多元化呢。

珊瑚

還記得故事中經常出現大片大片的美麗珊瑚礁嗎？但原來珊瑚礁在海洋中不單是美麗的裝飾品，更是海洋生態平衡的重要來源。

在故事中我們可以看到很多海洋生物都喜歡在珊瑚礁一帶游來游去，原來珊瑚礁是很多海洋生物的家呢。不少海洋生物如海星、海綿、海膽、珊瑚魚等等都與珊瑚礁互利共生。珊瑚礁為牠們提供食物和棲息地。

那珊瑚礁的美麗色彩是從哪裏來的呢？原來是由蟲黃藻與珊瑚合作產生。珊瑚礁為蟲黃藻提供居所，蟲黃藻則為珊瑚礁添上絢麗的色彩。

新雅兒童環保故事集

愛你！愛你！綠寶貝

作　　者：周蜜蜜
繪　　圖：李成宇
責任編輯：張可靜
美術設計：李成宇
出　　版：新雅文化事業有限公司
　　　　　香港英皇道 499 號北角工業大廈 18 樓
　　　　　電話：(852) 2138 7998
　　　　　傳真：(852) 2597 4003
　　　　　網址：http://www.sunya.com.hk
　　　　　電郵：marketing@sunya.com.hk
發　　行：香港聯合書刊物流有限公司
　　　　　香港新界大埔汀麗路 36 號中華商務印刷大廈 3 字樓
　　　　　電話：(852) 2150 2100
　　　　　傳真：(852) 2407 3062
　　　　　電郵：info@suplogistics.com.hk
印　　刷：中華商務彩色印刷有限公司
　　　　　香港新界大埔汀麗路 36 號
版　　次：二〇一七年五月初版

ISBN: 978-962-08-6797-2
© 2017 Sun Ya Publications (HK) Ltd.
18/F, North Point Industrial Building, 499 King's Road, Hong Kong
Published and printed in Hong Kong.